Le Livre de Poche
Jeunesse

GUDULE

T'ES UNE SORCIÈRE, MAMAN ?

1

Un énorme canapé dans un tout petit appartement

Il se passe quelque chose de pas normal à la maison, j'en suis sûr maintenant. Quelque chose de pas normal et de TERRIBLE !

C'est le soir de Noël que ça a commencé. Quand maman a acheté cet énorme canapé, et que je suis resté toute la soirée assis dessus, à regarder clignoter le sapin, les larmes aux yeux. Papa nous avait quittés la veille, après une grosse dispute. Et sans même me dire au revoir. D'ailleurs, je ne l'avais pas vu partir...

— Heureusement qu'on a un joli canapé pour

se consoler, hein, Jérôme ! répétait sans arrêt maman.

Et moi, je répondais : « Oui, m'man », en reniflant. Mais, en réalité, je m'en fichais pas mal. J'aurais préféré être assis par terre, et que papa soit là.

J'ai déballé mes cadeaux sans entrain. Il n'y en avait pas beaucoup, parce que mes parents ne sont pas très riches. Nous vivons tous les trois – enfin, tous les deux, maintenant, puisque papa n'est pas revenu – dans un minuscule appartement, au dernier étage d'un immeuble pourri. Et pour nous, chaque franc compte...

C'est pour ça que l'achat du canapé m'a tellement étonné. Je suis sûr qu'il vaut une fortune ! Toutes nos économies ont dû y passer. Ce n'était vraiment pas raisonnable, une dépense pareille juste au moment du départ de papa.

D'ailleurs, en y réfléchissant, n'était-ce pas ça, justement, la cause de leur dispute ? Possible, après tout. Papa, qui a les pieds sur terre, ne supporte pas les lubies de ma mère. Il l'a même surnommée « Miss Tête-en-l'air ». Maman, par contre, trouve que papa est un empêcheur de tourner en rond. « L'Enquiquineur », elle l'appelle. Entre Miss Tête-en-l'air et l'Enquiquineur, ça barde tout le temps. J'ai l'habitude. Mais jamais, auparavant, ils n'avaient été jusqu'à se séparer...

Mes parents risquaient-ils de divorcer pour une raison aussi stupide que l'achat d'un canapé ? J'ai essayé d'interroger maman à ce sujet.

— Il faut bien se faire plaisir de temps en temps, n'est-ce pas, mon chéri ! m'a-t-elle répondu évasivement.

— D'accord, mais papa, lui, ça ne lui a pas fait plaisir, n'est-ce pas ?

Elle a eu une espèce de petit rire.

— Je ne crois pas, non ! Je suis même certaine que cela lui a fortement déplu !

— C'est pour ça qu'il est parti ?

— En quelque sorte, oui.

— Tu crois qu'il va revenir ?

— Pas de sitôt, à mon avis...

— Pas tant que le canapé sera là, c'est ça ?

Maman s'est contentée de hocher la tête.

Mes soupçons se confirmaient. Ce fichu meuble était bien la cause de leur rupture et, tels que je les connaissais, aucun des deux ne céderait. Ils sont aussi têtus l'un que l'autre...

— Où tu as trouvé l'argent pour l'acheter ? j'ai demandé.

Du bout de son index, maman m'a soulevé le menton.

— Ne t'occupe pas de ces choses-là, mon petit bonhomme, ce n'est pas de ton âge.

— Oui mais quand même, on n'a pas beaucoup de sous. Et maintenant que papa n'est plus là...

— Nous nous en sortirons très bien avec mon salaire, fais-moi confiance. On se serrera juste un peu la ceinture, voilà tout. L'essentiel, n'est-ce pas qu'on s'aime fort, fort, tous les deux ?

Elle m'a embrassé, mais ça n'a pas changé mon opinion. Cet énorme canapé en cuir noir, qui occupait les trois quarts du salon, était une folie. Je le lui ai dit.

— Une petite folie ! a-t-elle protesté gaiement. Toute petite... et tellement agréable ! À force de se priver, on finit par s'aigrir et devenir de vieux ronchons. Tu aimerais que ta mère soit une vieille ronchonne ?

Non, bien sûr. Maman, je l'adore telle qu'elle est : fantaisiste, insouciante, rigolote. Bien moins raisonnable que moi, en fin de compte. Mais il paraît que je suis trop mûr pour mes onze ans.

— Si tu mettais autant d'énergie à étudier qu'à essayer d'en remontrer à tout le monde, me répète sans arrêt M. Lemaire, mon prof de maths, tu serais le premier de la classe.

Je ne suis pas le premier de la classe, loin de là. Mais je ne vois pas pourquoi, sous prétexte que je suis un enfant, je devrais toujours être d'accord avec les adultes. Ils peuvent se tromper, parfois, non ?

La preuve : ce fichu canapé qui me privait de mon père...

Pendant plusieurs jours, je n'ai pas pu m'empêcher de le détester, ce canapé. Mais à la longue, comme je n'avais pas le choix, il a bien fallu que je m'y habitue. J'ai même fini par le trouver pratique et confortable, et par m'installer dessus pour étudier mes leçons.

Je ne me doutais pas, alors, que mes soucis ne faisaient que commencer...

2

Incorrigible maman !

C'est deux semaines plus tard, en revenant de l'école, que je suis tombé nez à nez avec l'armoire normande. La tête que j'ai tirée !

Elle trônait au beau milieu de la cuisine. Pour atteindre le frigo, il a fallu que je me glisse derrière ; j'ai même failli rester coincé. J'ai eu un mal de chien à parvenir jusqu'au placard pour en sortir un bol, et impossible de chauffer mon chocolat au micro-ondes : la porte du four n'avait plus la place de s'ouvrir.

Qu'est-ce que ce truc énorme pouvait bien

fiche chez nous ? Ce n'était pas une armoire d'appartement, ça, c'était une armoire de château !

Vivement que maman rentre du bureau pour que je lui demande des explications !

Je trempais mon croissant dans mon chocolat froid quand je me suis souvenu. Saperlipopette, où avais-je la tête ? Maman n'était pas allée travailler, cet après-midi. À cause du loyer. On avait trois mois de retard et le propriétaire menaçait de nous jeter dehors. Alors, pour le calmer, elle l'avait invité à prendre le thé. Donc, normalement, j'aurais dû les trouver au salon, en grande discussion.

Mais le salon était vide. Où étaient-ils donc, tous les deux ?

Je commençais sérieusement à m'inquiéter lorsque j'ai entendu la clé tourner dans la serrure.

— Tu es déjà rentré, mon trésor ? a gazouillé maman.

Elle avait l'air en pleine forme, preuve que son entrevue s'était bien passée.

— Tout est arrangé ! m'a-t-elle annoncé en retirant son manteau.

— Chouette ! Comment as-tu fait ?

— J'ai utilisé mon charme, tiens ! Tu sais, quand je veux, je suis une ensorceleuse !

Sur le moment, je n'ai pas compris le sens exact de ses paroles. J'ai cru qu'elle disait ça pour frimer. D'autant que c'était vrai : question charme, elle est championne, ma mère ! Avec ses longs cheveux blonds et sa silhouette de top model, tous mes copains sont amoureux d'elle !

— C'est quoi, cette grosse armoire dans la cuisine ?

Maman a eu une drôle d'expression. On aurait dit une petite fille qui vient de faire une bonne farce et a la trouille d'être grondée.

— Ah, tu l'as vue... Elle est jolie, hein !

— Euh... oui mais... d'où vient-elle ?

— De chez un antiquaire. Elle était en vitrine et je... j'ai craqué... Tu ne trouves pas qu'elle va bien, chez nous ?

— Ben... elle est un peu encombrante... Et puis, elle a dû coûter cher... Et avec le loyer qu'on n'a pas payé, et puis l'électricité, et puis le gaz... Et l'épicier qui veut qu'on lui règle sa note... Et...

— Stop ! a coupé maman en riant. Je t'ai déjà dit que ces problèmes-là ne te concernaient pas !

Elle m'a attrapé par les épaules et m'a entraîné joyeusement vers la cuisine.

— Viens plutôt admirer mon acquisition !

Incorrigible maman ! Elle paraissait tellement contente que, pour ne pas gâcher son plaisir, j'ai fait semblant de l'apprécier, son armoire. D'autant qu'en s'y mettant à deux, on l'a légèrement déplacée, et du coup, on avait de nouveau accès au micro-ondes.

C'est depuis ce jour-là qu'on n'a plus eu d'ennuis avec le propriétaire.

3

Françoise

Le lendemain, je faisais la connaissance de Françoise. Le cri que j'ai poussé, en l'apercevant !

Maman, qui s'habillait, a jailli de la salle de
bains en petite tenue.

— Qu'est-ce qui t'arrive, Jérôme ?

Je devais être tout pâle, car elle s'est précipi-
tée vers moi et m'a pris dans ses bras.

— Mais tu trembles comme une feuille, ma
parole ! Tu es malade ?

Incapable de parler, j'ai pointé le doigt vers le
mur en bégayant :

— Là... là...

Sur le papier peint à fleurs, il y avait une araignée.

J'ai une peur bleue des araignées. De l'« arachnophobie », ça s'appelle, on l'a appris en cours de français. Or, celle-là, c'était la plus horrible araignée que j'aie jamais vue. Un véritable monstre avec des pattes velues, un corps gros comme une pièce de cinq francs et deux yeux perçants qui, je l'aurais juré, me regardaient méchamment.

Je me suis cramponné au bras de ma mère pour supplier :

— Écrase-la, m'man ! Tue-la, s'il te plaît !

— Tuer Françoise ? s'est indignée maman. Tu es fou ?

Et, toute souriante, elle a tendu le doigt à l'araignée pour qu'elle y grimpe.

— Françoise, je te présente mon fils Jérôme. Jérôme, dis bonjour à Françoise !

Mais... Je nageais en plein cauchemar ou quoi ?

Je me suis pincé pour me réveiller, sans résultat, hélas. Et il a bien fallu que je me rende à l'évidence : je ne rêvais pas, ma mère fréquentait réellement une araignée. À tous les coups, elle allait exiger que je lui serre la patte.

Quelle horreur ! Je préférais encore tomber dans les pommes...

Mais maman ne l'entendait pas de cette oreille.

— Veux-tu cesser immédiatement cette comédie et te conduire en garçon bien élevé ! m'a-t-elle houspillé. Tu vas finir par vexer notre invitée... Excuse-le, Françoise, il faut toujours qu'il fasse son intéressant !

L'araignée n'a pas répondu. (Ouf, enfin quelque chose de logique ; une araignée qui parle, brrrr, rien que d'y penser, j'en avais la chair de poule !) Elle s'est juste balancée sur ses huit pattes d'un air indulgent, pour que je comprenne bien qu'elle ne m'en voulait pas.

Je crois que, de toute ma vie, je n'ai jamais attendu l'heure de l'école avec autant d'impatience. J'ai même un peu triché. Après un coup d'œil à ma montre, qui marquait sept heures et demie, je me suis écrié :

— Oups, déjà huit heures moins le quart ! Il faut que je me sauve, sinon je vais être en retard !

Hélas ! je n'étais pas encore au bout de mes problèmes. Le plus terrible restait à venir.

Perturbé par ces événements, je n'arrivais pas

à me concentrer en classe, surtout pendant le cours de maths. Franchement, comment vouliez-vous que je m'intéresse au calcul du diamètre d'un cercle alors que d'incroyables mystères s'accumulaient autour de moi ?

M. Lemaire s'en est vite rendu compte.

— Tu es dans la Lune, Jérôme !

C'était la vérité, mais j'ai quand même protesté, pour la forme.

— Non, m'sieur, j'écoutais, je vous jure ! Je peux même répéter tout ce que vous avez dit !

Manque de bol, il m'a pris au mot.

— Bonne idée, viens donc nous résumer la leçon au tableau !

Je me suis retrouvé piégé sur l'estrade, un vide intersidéral dans la tête. Et la seule chose que je suis arrivé à articuler, c'est :

— Euh... euh...

Toute la classe a éclaté de rire.

— Retourne à ta place, m'a dit sévèrement M. Lemaire. Tu seras collé mercredi.

Le soir, quand j'ai annoncé la mauvaise nouvelle à maman, elle s'est mise dans une colère noire. Pas contre moi, non, contre M. Lemaire. Elle ne supporte pas les punitions, ma mère. Quand elle était petite, elle avait un prof très sévère et ça l'a marquée pour toujours. Elle rêve encore la nuit qu'il lui donne des heures de colle, des lignes à recopier, ou qu'il l'envoie au coin, les mains sur la tête. Et pour elle, il n'y a pas de plus affreux cauchemar.

— Il va voir ce qu'il va voir, cet énergumène ! a-t-elle explosé en bondissant sur le téléphone. Allô ! le collège du Centre ? Pouvez-vous me passer M. Lemaire, s'il vous plaît !

Ils ont parlementé un petit moment. Maman était tellement désagréable que j'avais envie de l'embrasser. En raccrochant, elle m'a annoncé :

— Nous avons rendez-vous demain midi. Waouh ! Ça va être du sport, mon chéri !

L'atmosphère de la fin de journée a été très décontractée. Maman chantait en esquissant, à tout bout de champ, des petits pas de danse. Malgré le peu de place pour circuler dans la cuisine, elle nous a préparé un gâteau.

Si papa avait été là, je me serais senti parfaitement heureux.

Enfin, non. Quelque chose me tracassait quand même. Quelque chose avec des pattes velues et des petits yeux méchants.

Mine de rien, j'ai inspecté l'appartement pour

voir si l'araignée était toujours là. Bien entendu, maman l'a remarqué.

— Tu cherches Françoise ? m'a-t-elle demandé en souriant.

— Oui... Elle est partie ?

— Non, elle doit être en train de tisser sa toile dans un coin discret.

Elle s'installait, quoi ! Ça m'a mis hors de moi.

— Mais enfin, m'man, pourquoi tu gardes cette sale bête ici ?

Maman a froncé les sourcils.

— Je te prie d'être correct avec mes amies, Jérôme ! Est-ce que je traite tes copains de sales bêtes, moi ?

— Mais ce ne sont pas des insectes !

— Et alors ? Tu surveilles mes fréquentations, maintenant ?

Comme je sentais qu'elle allait s'énerver, j'ai changé de ton.

— Euh... ta copine... elle va rester vivre avec nous ?

Maman s'est mise à rire et m'a pincé le nez de ses doigts pleins de farine.

— N'aie crainte, mon chéri, je la connais, elle n'est pas du genre à s'incruster. D'ici deux ou trois jours, je pense qu'elle partira. Mais de ton côté, tâche de te montrer aimable durant son séjour, ça mettra une meilleure ambiance !

J'ai promis de faire mon possible. Après tout, une maman capable d'enguirlander votre prof de maths méritait bien un petit effort !

4

Un super-projet !

C'est avec impatience que j'ai attendu le lendemain midi. Quand on est sortis de la classe,
Maman guettait M. Lemaire en marchant de long
en large sous le préau.

— Rentre à la maison, m'a-t-elle lancé comme
je m'apprêtais à la rejoindre. Il y a du chou-fleur
au gratin dans le four, réchauffe-le et commence
sans moi. Je te rejoindrai dès que j'aurai fini.

— Oh, m'man, je ne peux pas rester ?

— Pas question, mon chéri. Je veux pouvoir
discuter à l'aise et sans témoin.

J'étais très déçu. J'aurais tellement aimé assister à l'entretien – et surtout à la déconfiture de Lemaire ! Mais maman ne me laissait pas le choix. Je suis donc parti tête basse. Seule consolation : la perspective du chou-fleur au gratin, mon plat préféré.

Je terminais mon assiette quand maman est rentrée. Elle était hors d'haleine et transpirait.

— Viens vite me filer un coup de main, s'est-elle écriée, avant que j'aie le temps de placer un mot. Je ne pourrai jamais le monter toute seule.

— Monter quoi ?

— Le bureau que je viens d'acheter.

J'ai failli tomber à la renverse.

— Hein ?!? Tu as acheté un bureau ?

— Oui, une affaire en or ! Du chêne massif entièrement sculpté, un vrai chef-d'œuvre !

Déjà, elle me poussait dans l'ascenseur.

— Et... et M. Lemaire ?

— Oh, lui, je l'ai remis à sa place en moins de deux ! Il n'a pas compris ce qui lui arrivait, le pauvre homme !

— Il a levé ma punition ?

— Bien entendu ! Et il n'est pas près de t'en redonner une autre, crois-moi !

Le bureau était magnifique... mais gigantesque.

Il nous attendait devant la porte de l'immeuble. Comment ma mère, si frêle, avait-elle pu le transporter sans aide jusque-là ?

— Je suis plus costaude que je n'en ai l'air, a-t-elle répondu quand je le lui ai demandé. Mais l'ennui, c'est qu'il ne rentre pas dans l'ascenseur. Nous allons devoir le monter par l'escalier... Tu t'en sens le courage ?

Le courage, oui, mais les muscles... Ah, ça, je peux vraiment dire que j'en ai bavé ! Rien que le soulever, c'était déjà au-dessus de mes forces. Alors, le porter jusqu'au troisième étage...

On a quand même fini par y arriver, mais à quel prix ! Premièrement, j'ai eu des courbatures pendant au moins une semaine. Deuxièmement, on a salement éraflé les murs de l'escalier...

— Pas grave, a dit maman.

— Et si le proprio râle ?

— Il ne râlera pas, ça je peux te l'assurer !

... Et troisièmement, je suis arrivé en retard pour les cours de l'après-midi.

Par chance, M. Lemaire, qu'on devait avoir en première heure, était absent. D'ailleurs, il n'est pas revenu au collège depuis, et nous avons un remplaçant bien plus sympa.

Maman a mis le bureau dans ma chambre. Forcément, le reste de l'appartement était plein à craquer !

— Ce sera parfait pour faire tes devoirs ! a-t-elle affirmé.

— Parfait, peut-être, mais pas très pratique : je suis obligé de l'escalader pour atteindre mon lit !

— Et alors ? C'est amusant, non ? On dirait une course d'obstacles !

Une course d'obstacles, pfff, n'importe quoi ! J'aimais bien mieux ma chambre avant !

— Mais enfin, m'man, pourquoi tu t'obstines à acheter tous ces trucs alors qu'on n'a pas de place ?

Maman m'a longuement regardé dans les yeux, puis elle a murmuré :

— Tu veux vraiment le savoir, mon petit chéri ?

— Ben ouais !

— Depuis quelque temps, je te trouve mauvaise mine, et tu as des malaises à tout bout de champ. Je suis convaincue que tu as besoin de grand air....

Elle n'avait pas tort, mais je ne voyais pas le rapport.

— Ces meubles, ce sont de bonnes affaires.

Quand on en aura beaucoup, je les revendrai très cher, et avec le bénéfice, on s'offrira une belle maison à la campagne !

Évidemment, c'était un merveilleux projet. Mais en attendant...

— En attendant, on se serrera un peu, voilà tout ! Le jeu en vaut la chandelle, ne trouves-tu pas ?

En toute honnêteté, je ne pouvais pas la contredire. Il y avait des années que je rêvais d'un jardin.

5

Des battements de cœur
dans le cuir

Trois jours après, l'épicerie qui nous faisait crédit – enfin, qui ne voulait plus nous faire crédit !
– a fermé. Et maman a rapporté un magnifique
buffet qu'on a été obligés de laisser sur le palier.
Du coup, il bouchait la porte et on devait se
contorsionner pour rentrer chez nous. Heureusement, personne ne s'est plaint : les autres locataires sont cool, en général.

La seule qui ait protesté, c'est la concierge. Elle
prétendait qu'on n'avait pas le droit de « débor-
der » à l'extérieur des logements.

— Ce serait du joli, vitupérait-elle, si tous les locataires entreposaient leurs affaires personnelles dans les parties communes !

Maman lui a répondu poliment que c'était provisoire, que nous allions bientôt déménager à la campagne, mais ça ne l'a pas calmée.

— Si ce meuble ne disparaît pas immédiatement, j'en informerai le propriétaire et il vous flanquera dehors ! a-t-elle hurlé.

Du coup, maman, qui est plutôt soupe au lait, s'est mise à crier, elle aussi :

— Allez-y, espèce de mégère ! Prévenez-le, ne vous gênez pas... si vous le trouvez, ah ah ah !

Wah, le rire forcé ! Ça commençait à sentir le roussi... Comme je ne supporte pas les disputes, j'ai filé dans ma chambre. Je les ai encore entendues s'engueuler quelques minutes, puis plus rien. Le silence complet. La concierge avait dû redescendre dans sa loge.

J'ai entrouvert ma porte et risqué un coup d'œil par la fente.

Maman était toujours debout dans l'entrée, tremblant d'énervement, les poings sur les hanches. Et sur le palier, en plus du bureau en chêne massif, il y avait une commode à tiroirs, style Louis XVI.

C'est à ce moment-là, très exactement, que j'ai eu mon premier soupçon.

Le deuxième soupçon m'est venu un peu plus tard. Il y a une demi-heure, exactement. Et avec lui, la peur. Une peur effroyable.

J'étais seul à la maison. Comme chaque premier samedi du mois, maman avait pris rendez-vous chez le coiffeur. J'attendais son retour, assis sur le canapé, quand j'ai éprouvé une sensation bizarre. Quelque chose vibrait sous moi. C'était léger, léger, à peine perceptible, mais je le sentais nettement. Une sorte de pulsation venue des profondeurs du cuir, qui me remontait jusque dans les fesses. Un peu comme... comme un battement de cœur.

J'ai bondi sur mes pieds, complètement affolé. Et, subitement, une pensée horrible m'a effleuré.

J'ai regardé autour de moi : l'armoire normande, le buffet, le bureau, la commode – tous ces meubles qui peu à peu avaient envahi notre espace –, et j'ai eu l'impression... Non, c'était impossible ! J'étais en train de devenir fou, ou quoi ?

J'AI EU L'IMPRESSION QU'ILS ÉTAIENT VIVANTS !!!

Si je n'ai pas crié, c'est parce qu'aucun son ne

voulait sortir de ma gorge. Mais en moi, ça hurlait, ça hurlait... Les hurlements muets, ce sont les pires !

J'ai fait un gros effort pour surmonter ma trouille et tenter de réfléchir. Voyons, tout cela ne tenait pas debout ! Mon imagination me jouait des tours...

Il fallait à tout prix que je sache à quoi m'en tenir. Même si, pour cela, je devais affronter l'horreur en face.

Les mâchoires serrées, les muscles crispés, je me suis approché de l'armoire normande, et je l'ai effleurée du bout du doigt. Ce que j'ai senti m'a donné la nausée.

Sous ma caresse, le bois ciré frémissait.

J'ai recommencé l'expérience avec le buffet ; pareil. Et ne parlons pas du bureau, qui a carrément eu un hoquet.

Pris de panique, j'ai fichu le camp du plus vite que je pouvais. Et depuis, je tourne en rond dans la rue, en guettant ma mère. Parce que, j'en suis sûr maintenant : il se passe quelque chose de pas normal, à la maison. De pas normal et de TERRIFIANT !

6

L'ahurissante révélation

— M'maaan !

Maman vient enfin d'apparaître à l'angle du boulevard. Mais... que traîne-t-elle derrière elle ? Ça alors, un fauteuil !

Je sens mes cheveux se hérisser sur mon crâne.

— Ah, Jérôme, tu tombes bien ! me lance-t-elle, en m'apercevant. Viens vite m'aider !

L'aider ? J'ai plutôt envie de prendre mes jambes à mon cou, oui !

— Dépêche-toi ! insiste-t-elle en me voyant hésiter. Ça pèse une tonne, ce machin !

N'osant désobéir, je m'approche – au ralenti ! –, je pose mes mains sur l'accoudoir... et les retire aussitôt avec un cri d'horreur. Le tissu est tiède comme de la chair.

Tout se met à tourner autour de moi. Je bats l'air de mes bras...

— Eh bien, mon p'tit loup, qu'est-ce qui te prend ? s'étonne maman, en abandonnant son fardeau pour se précipiter à mon secours.

Elle me rattrape avant que je tombe, tâte mon front, agite la main devant mon visage pour m'éventer. Dans ma demi-conscience, je l'entends ronchonner : « Décidément, la pollution de la ville ne lui réussit pas, pauvre gosse ! Il faut absolument qu'on déménage ! »

Puis elle me fait asseoir sur le fauteuil, au milieu du trottoir.

Toc-toc... toc-toc... Sous moi, le cœur du meuble bat à une cadence effrénée. Toc-toc... toc-toc...

Je me redresse avec un beuglement d'épouvante.

— Mais... mais... mais... quelle mouche te pique, mon chéri ? bredouille maman, décontenancée.

Alors, je craque. Je déballe tout, là, dans la

rue : mes soupçons, mes angoisses, mon horrible découverte. Mes questions sans réponse... Les passants me lancent des regards ahuris, mais ça m'est bien égal. Il y a des moments, dans la vie, où l'opinion des autres, on s'en fiche éperdument !

Ma mère, par contre, est très gênée.

— Je vais tout te dire, Jérôme, promet-elle. Mais pas ici, pas devant tout le monde. Même si ça te répugne, aide-moi à ramener le « crapaud » à la maison...

Je sursaute, et inspecte les alentours avec effarement.

— Un crapaud ? Quel crapaud ? Après les araignées, tu veux qu'on héberge des crapauds, maintenant ? Et ce sera quoi, la prochaine fois ? Des serpents ou des cafards ?

Malgré son embarras, maman ne peut s'empêcher de rire.

— Du calme, mon chéri. On appelle « crapaud » un certain style de fauteuil, bas et trapu comme celui-ci...

Ouf, j'aime mieux ça !

Je suis si impatient de connaître le fin mot de l'affaire que, surmontant mon dégoût, je soulève illico le « crapaud » par les pieds, tandis que maman l'attrape par le dossier. Et, du plus vite que nous le pouvons, nous regagnons notre immeuble.

Durant tout le trajet, je fais un gros effort pour oublier que, sous mes doigts, le pouls du fauteuil bat... bat... Parce que, si j'y pense, c'est bien simple, je le lâche. Et alors... IL RISQUE DE SE CASSER. Or, casser un objet vivant, c'est presque comme blesser quelqu'un !

À cette idée, je claque des dents.

Heureusement, le fauteuil rentre dans l'ascenseur. Et cinq minutes plus tard, nous le déposons intact dans l'appartement.

Alors – et alors seulement –, je me plante devant ma mère.

— Maintenant, explique-toi !

Jamais je ne lui ai parlé sur ce ton, et pourtant elle ne me rabroue pas. Au contraire, elle baisse le nez.

— Je suis une sorcière..., avoue-t-elle tout bas.

— Arrête de te moquer de moi, m'man !

— C'est la vérité, mon chéri, je te le jure. Il y a un an que je prends des cours de sorcellerie par correspondance, et cet été, j'ai complété ma formation. Tu te souviens, quand je suis soi-disant allée au Club Med ?

Si je m'en souviens ! Encore une belle cause de dispute entre mes parents, ça ! Papa et moi, on avait passé le mois d'août tout seuls chez mamie, et qu'est-ce qu'on s'était embêtés ! Il n'avait pas cessé de râler !

— Eh bien, en réalité, je n'étais pas en vacances : je faisais un stage de perfectionnement pour obtenir mon diplôme de sorcière.

Un diplôme de sorcière... Je n'ai jamais rien entendu de plus ahurissant de toute ma vie !

— Alors, tu... tu pratiques la magie ?

Elle hoche la tête d'un petit air coquin, et ses cheveux blonds dansent sur ses épaules.

— Et tu...

D'un coup, je viens de tout comprendre.

— ... tu ensorcelles les gens ? Tu les transformes en meubles, c'est ça ?

— Oui, mon chéri, tu as deviné juste. Le canapé, par exemple, c'est ton père. Et, en toute franchise, je le trouve bien plus vivable depuis sa métamorphose !

Mon indignation est telle que j'ouvre la bouche, la referme sans avoir prononcé un mot, la rouvre... et finis par hurler : « Papa !!! » en me jetant parmi les coussins de cuir noir.

Maman m'observe avec attendrissement.

— Ah ça, on peut dire que je t'ai donné un père douillet et confortable !

Mais... ma parole, elle est complètement folle ! Je me plante devant elle, tremblant d'énervement.

— Tu vas tout de suite le retransformer en être humain, tu entends ! TOUT DE SUITE !

— Impossible, mon chéri.

— Pourquoi ?

— Parce que...

Une voix grinçante, venant du fond de la pièce, l'interrompt :

— Parce qu'elle n'a pas étudié convenablement, voilà pourquoi !

Une sorte de décharge électrique me parcourt de la tête aux pieds.

Nous nous retournons d'un bloc, ma mère et moi. Dans le coin le plus sombre du couloir, Françoise, installée au centre de sa toile comme dans un hamac, nous fixe avec sévérité.

7

Une apprentie sorcière
vraiment nulle

— Oh, Françoise, tu exagères..., proteste mollement maman.

— Comment ça, j'exagère ?

L'araignée se tourne vers moi pour me prendre à témoin.

— Tout ce qu'elle a retenu de ses cours, c'est la formule qui change les gens en meubles. Et, une fois qu'elle les a transformés, elle n'est même pas capable de leur rendre leur apparence initiale... Tu parles d'un cancre ! Si toutes les apprenties sorcières étaient aussi nulles, de quoi aurions-nous l'air, nous, les enseignantes ? Plus personne ne nous prendrait au sérieux, et il ne nous resterait plus qu'à changer de métier !

— Je n'y peux rien, se défend maman. J'ai du mal à retenir mes formules...

Complètement déboussolé, je les regarde alternativement. Ce n'est pas possible, une scène aussi absurde ne PEUT pas exister : ma mère sermonnée par une araignée devant son mari devenu canapé... Je rêve, forcément !

Comme l'autre jour, je me pince. Sans plus de résultat.

— D'ailleurs, ce n'est pas seulement une question de formule, reprend maman en se mordant les lèvres. La formule de désenchantement, je la connais : *abracadonovistra tirim taram piouts*. Mais, pour qu'elle fonctionne, il me manque un ingrédient indispensable : *la motivation*.

J'ouvre des yeux ronds.

— La... quoi ?

— La mo-ti-va-tion, l'envie que ça marche !

— Tu... tu n'as pas envie que papa redevienne lui-même ?

— En toute franchise, non. Je le préfère nettement comme ça. Et tous les autres aussi, d'ailleurs...

D'un large geste, elle désigne le mobilier qui encombre l'appartement.

— L'armoire normande ne réclame pas de loyer, le bureau ne donne pas de punitions, le buffet n'exige pas qu'on lui règle sa note, la commode ne rouspète pas pour un oui, pour un non... N'avons-nous pas gagné au change, en fin de compte ? Ce mobilier solide et élégant ne vaut-il pas mieux que des personnes déplaisantes ?

Devant de telles énormités, je lance un coup d'œil effaré à Françoise qui, elle-même, hoche la tête avec consternation. Comme ma peur des araignées me semble dérisoire, à côté du cauchemar que je suis en train de vivre ! Parce que, au train où vont les choses, ce n'est plus d'arachnophobie que je vais souffrir, moi, mais de maman-phobie !

— Je te rappelle, ma chère Élodie..., commence Françoise.

Élodie, c'est le prénom de ma mère.

— ... que la *Charte des sorcières* stipule en toutes lettres que nous ne devons causer aucun tort à autrui. Faire des farces, oui, nous en avons le droit. Donner des avertissements, ou même nous venger de ceux qui se comportent mal envers nous, aussi. Mais temporairement ! Tu as oublié la règle n° 5 du Code de sorcellerie ? *Après toute métamorphose, les personnes ensorcelées doivent retrouver leur état d'origine.*

— Encore faut-il y arriver ! grogne maman. Et tu sais bien que sans envie...

Si Françoise avait un poing, elle l'abattrait sur la table – pour peu qu'il y en ait une à proximité. À défaut, elle se contente de glapir :

— Mais nom d'une pipe, fais un petit effort ! Quand Samantha a transformé le président de la République en rat, au beau milieu d'un discours à la télé, tout le monde a bien ri. Mais si elle l'avait laissé comme ça, ç'aurait été une catastrophe. Tu imagines le pays gouverné par un rat ?

Maman hoche piteusement la tête. Qu'opposer à un argument aussi sensé ?

— Et lorsque Lulubelle a changé la tour Eiffel en un énorme Chamallow ? continue l'araignée. Bien sûr, c'était marrant, mais tu te rends compte du drame si elle n'avait pas, très vite, mis fin à l'enchantement ? Les Parisiens seraient devenus la risée du monde entier...

Timidement, j'interviens :

— Euh... madame Françoise...

C'est la première fois de ma vie que je dis

« madame » à une araignée. Sa colère la rend encore plus hideuse que d'habitude. Mieux vaut garder les distances !

— Euh... madame Françoise, si j'ai bien compris, vous êtes une sorcière, vous aussi...

— Oui, c'est ma prof, coupe maman.

— Et si je suis là, c'est par conscience professionnelle, ajoute l'araignée. Je me méfie des mauvaises élèves : elles utilisent souvent leurs pouvoirs à tort et à travers, et provoquent des catastrophes.

Elle désigne maman d'une patte furieuse.

— En ce qui concerne ta mère, tu admettras que mes craintes étaient fondées...

Ça, ce n'est pas moi qui la contredirai ! Avec beaucoup de bon sens, je suggère :

— Mais vous, vous ne pouvez pas réparer ses dégâts ? Puisque vous êtes sa prof, vous devez avoir plus de pouvoirs qu'elle, non ?

Françoise pousse un profond soupir.

— Malheureusement, ce n'est pas si simple. À part essayer de la raisonner – et c'est la cause de ma présence ici –, je suis impuissante...

— Pourquoi ?

— Règle n° 2 du Code de sorcellerie : *Ce qu'a fait une sorcière, elle seule peut le défaire.*

— Et ça signifie que...

— ... tu ne retrouveras ton père que lorsque ta mère aura « envie » qu'il redevienne un homme.

— Ce n'est pas demain la veille, je vous préviens ! lance maman d'un ton agressif.

— Ça signifie également que le propriétaire, la concierge, l'épicier, ton prof de maths et maintenant le coiffeur..., poursuit Françoise, imperturbable.

— Le coiffeur ? Ah, parce que lui aussi...

— Oui, explique maman, il avait augmenté ses tarifs. Deux cent cinquante francs pour une coupe, c'est de l'arnaque ! Je le lui ai dit, il m'a envoyée sur les roses, je me suis énervée...

Du menton, elle montre le fauteuil, trônant au milieu du couloir.

— ... et voilà le résultat !

Elle a un petit rire coquin.

— Figurez-vous qu'au départ, ce joli crapaud s'est retrouvé surmonté d'un casque-sèche-cheveux intégré. Déformation professionnelle, je suppose ! Un truc affreux, impossible à vendre. J'ai dû m'y reprendre à deux fois pour lui donner la forme que voici !

Ignorant l'interruption, l'araignée conclut :

— Toutes ces personnes, donc, sont également condamnées à rester des meubles jusqu'à ce qu'Élodie change d'avis.

— Je n'en ai pas l'intention, s'entête maman. J'ai contacté un antiquaire qui va venir les voir demain, et s'il m'en offre un bon prix...

Là, je fais un tel bond que ma tête manque de cogner le plafond.

— Tu... tu veux vendre papa à un antiquaire ?

— Je n'ai pas le choix : avec quoi je l'achèterais, sinon, notre maison à la campagne ?

— Élodie, je me permets de te rappeler la règle n° 3 du Code de sorcellerie, lance aigrement Françoise : *Toute utilisation de la magie à des fins commerciales ou lucratives est formellement interdite !*

Maman la toise avec hauteur.

— Sache, ma chère, que je suis mère avant d'être sorcière. Et la règle n° 1 du Code des bonnes mères, c'est : *Si ton fils a besoin de grand air, tous les moyens sont bons pour lui en procurer.*

— Je ne connaissais pas ce code, grogne Françoise.

— Normal : je viens de l'inventer.

Écœurée par tant de mauvaise foi, l'araignée

nous tourne le dos pour aller bouder dans sa toile.

— Ne nous occupons plus de cette peste, me souffle maman. Viens plutôt m'aider à briquer les meubles : plus ils brilleront, plus l'antiquaire les paiera cher. Et j'ai trouvé une petite annonce, dans un des journaux du salon de coiffure...

Elle fouille ses poches, en sort une page de magazine.

— Regarde-moi ça : *Vends villa dans le Midi, avec piscine et court de tennis, un million de francs, à débattre...* Qu'en dis-tu ?

Ce que j'en dis ? Rien, tellement je suis horrifié. Maman sacrifierait papa pour acheter une villa ? C'est... c'est monstrueux !

— Évidemment, ce n'est pas avec la vente de ces quelques broutilles que nous atteindrons une pareille somme, poursuit-elle, songeuse. Mais ce n'est qu'un début. Par bonheur, la matière première ne manque pas, à commencer par nos voisins...

J'ai un haut-le-corps.

— Nos... nos voisins ?

— Oui, mon chéri. Même si je dois TOUS les métamorphoser, tu l'auras, ta maison à la campagne ! Je te le jure, foi de sorcière !

8

Retombe amoureuse, maman,
s'il te plaît !

La nuit suivante, je n'arrive pas à fermer l'œil.
Difficile de savoir ce qui me perturbe le plus : être
le fils d'un canapé ou d'une sorcière. Mais en tout
cas, mes parents me posent de sacrés problèmes !

Surtout mon père, en fait. Parce que je le sens
en danger. Pauvre papa, non seulement il est
devenu un objet – ce qui n'est déjà pas drôle en
soi ! – mais en plus nous allons le vendre. Il va
être séparé de nous et, qui sait ? peut-être mal-
traité.

Cette idée m'est insupportable. Je l'imagine

chez ses nouveaux propriétaires : des gens sans soin qui oublieront de le cirer, mettront leurs pieds sur lui sans retirer leurs chaussures et auront peut-être un chat qui griffera son cuir...

Il faut... IL FAUT À TOUT PRIX EMPÊCHER ÇA !

Je me lève sans bruit pour me glisser jusqu'au salon. Dans l'ombre, papa n'est qu'une grosse masse pataude et accueillante. Je m'y allonge sans hésiter. Je n'ai plus peur, maintenant, de ce cœur qui bat, de ce cuir tiède. Au contraire, je les aime : c'est tout ce qui me reste de mon père.

D'une voix tremblante, je murmure :

— Je vais te tirer de là, p'pa, je te le promets !

Bien qu'il ne puisse pas me répondre, je sais qu'il m'a entendu. Son cuir devient d'une douceur merveilleuse, il m'enveloppe comme une caresse. Et ces retrouvailles me bouleversent à tel point que je me mets à pleurer, la tête dans les coussins.

C'est là que maman me trouve, le lendemain matin, profondément endormi.

Elle s'empresse de me réveiller :

— Allons, debout, Jérôme ! Tu vas être en retard à l'école !

Je me frotte les yeux, je bâille, je m'étire... et

tout me revient en mémoire. Y compris la promesse faite hier à papa.

Fixant ma mère droit dans les yeux, je déclare :

— Je n'irai pas à l'école, aujourd'hui !

— Tiens donc ! Et pour quelle raison, s'il te plaît ?

— Parce que je ne veux pas que tu profites de mon absence pour vendre papa, voilà pourquoi !

Maman lève les bras au ciel.

— Ah non, tu ne vas pas t'y mettre, toi aussi ! J'ai assez d'une araignée pour me faire la morale !

— Je ne te fais pas la morale, je veux juste que tu me rendes mon père, c'est tout !

Avec un soupir de lassitude, elle me passe la main dans les cheveux.

— Jérôme, essaie de comprendre ! J'en suis totalement incapable. Alors, autant qu'il serve à t'envoyer à la campagne... J'aimerais tellement te voir avec de belles couleurs !

C'est sans doute pour mon bien que maman fait tout ça. Pourtant, je secoue obstinément la tête.

— Non, non, non et non ! La campagne, je m'en fiche !

— Et le jardin ? Et la piscine ? Et le court de tennis ? Tu t'en fiches aussi ?

— Ouais, j'en veux pas du sale argent de l'antiquaire ! Je préfère encore rester dans un F3 jusqu'à la fin de mes jours !

Je me cramponne à l'accoudoir du canapé d'un air farouche.

— D'ailleurs, si tu veux vendre papa, il faudra me vendre avec, parce que, je te préviens, je ne bougerai pas d'ici !

Maman déteste par-dessus tout qu'on lui résiste.

— C'est ce que nous allons voir ! s'écrie-t-elle en m'attrapant par le bras.

Elle tire, mais je me débats et la repousse à coups de pied. À bout d'arguments, elle finit par déclarer :

— Quand l'antiquaire viendra, il m'aidera à te déloger. En attendant, reste là si ça te chante. Mais ne compte pas sur moi pour te tenir compagnie !

Et, saisissant son manteau d'une main, son sac de l'autre, elle s'en va, en prenant soin de fermer à clé derrière elle.

Me voilà seul dans l'appartement désert. Enfin, quand je dis « seul »... En réalité, il y a un monde fou : le propriétaire, l'épicier,

M. Lemaire, etc. Mais dans l'état où ils sont tous, inutile d'espérer un brin de conversation...

Au fait... et Françoise ? Elle n'est pas muette, elle ! Elle discute, elle discourt, même. Quand la solitude vous pèse trop, une araignée, c'est mieux que rien !

Je m'approche de la toile en catimini. Au milieu de son « hamac », elle dort à poings... euh... à pattes fermées. Je l'entends même ronfler.

— You hou, madame Françoise !

Un bâillement sonore me répond :

— Oui, qu'est-ce que c'est ?

— Je voudrais vous parler, madame Françoise... Je... je suis très malheureux...

Sans crier gare, je fonds en larmes. Toutes ces embrouilles, c'est trop pour un seul homme. Surtout un homme de onze ans...

— Mon pauvre biquet ! s'écrie Françoise, compatissante.

Et elle se précipite pour me faire un câlin. Je n'ai que le temps de me rejeter en arrière pour échapper au répugnant baiser de ses mandibules.

— Très sympa ! siffle-t-elle, vexée. Si je te dégoûte, dis-le tout de suite !

— Euh... non, ce n'est pas ça, mais je suis – enfin, j'étais – arachnophobe, et...

— De mieux en mieux ! Et qu'est-ce qu'il attend de moi, cet « ex-arachnophobe » ?

Hou là ! Elle est drôlement susceptible, Françoise, comme araignée !

Je renifle un grand coup avant de gémir :

— Aidez-moi, je vous en prie ! Il faut absolument trouver une solution...

— Tu veux parler de ton père, je suppose ? C'est bien mon avis. Ta mère se comporte comme une écervelée – ce qui est inadmissible pour une sorcière digne de ce nom, et préjudiciable à la réputation de mon école. Mais, je t'ai déjà prévenu, je n'ai aucun moyen d'intervenir...

— En s'y mettant à deux, on pourrait peut-être l'influencer ?

— Franchement, ça m'étonnerait : elle est plus têtue que vingt-cinq mulets !

D'un geste navré, Françoise désigne les meubles.

— Quand je pense à tous ces malheureux... Quelle tristesse !

Eh bien, moi qui comptais sur elle pour me remonter le moral !

— Je suis sûr qu'il existe une solution, madame Françoise. Qu'est-ce qui pourrait donner à maman une *motivation* suffisante pour que sa formule marche ?

Françoise a une mimique d'ignorance – ce qui, chez une araignée, se traduit par trois clignements d'yeux.

— Je ne sais pas, moi... Qu'elle retombe amoureuse de ton père ?

Sapristi, quelle idée géniale ! Jamais je n'aurais pensé à ça tout seul, moi !

— Mais comment faire pour y arriver ?

— Ça, mon petit bonhomme, si je le savais... L'amour, c'est ce qu'il y a de plus mystérieux au monde ! Même nous, les sorcières, avec tous nos philtres et nos sortilèges, nous sommes incapables d'obliger deux personnes à s'aimer !

— Si je lui montrais ses photos de fiançailles et de mariage, peut-être que ça l'attendrirait ?

— Tu peux toujours essayer, mais ne te fais pas trop d'illusions : s'il suffisait d'un peu de nostalgie pour raccommoder les couples en déroute, ça se saurait !

Pas très encourageante, la mère Françoise ! Si je l'écoutais, je resterais dans mon coin sans bouger le petit doigt, en regardant ma famille se disloquer ! Décidément, ce n'est pas elle qui va me donner une meilleure opinion des araignées ; je me sens plus arachnophobe que jamais !

La laissant ruminer dans sa toile, je file jusqu'au placard où sont rangés les albums de souvenirs. Et j'emporte toute la pile sur le canapé, où je me réinstalle tranquillement. Une demi-heure plus tard, quand maman rentre, je l'entends à peine : je suis plongé dans nos vacances en Corse.

— Alors, tu fais toujours ta mauvaise tête ? demande-t-elle, en s'asseyant près de moi.

Il s'agit de jouer serré ! Je lui dédie mon plus beau sourire.

— Non... Regarde comme c'était chouette, ce séjour à la mer ! J'aimerais bien qu'on y retourne !

Maman jette un coup d'œil sur le cliché et sourit à son tour.

— C'est vrai qu'on s'était bien amusés ! Oh, ta tête, là, quand la grosse vague t'a renversé !

— Et la tienne, quand papa te poursuivait à la nage ! Il t'appelait « ma sirène », tu te rappelles ?

Contrairement à ce que j'espérais, maman se renfrogne.

— Tu parles que je me rappelle ! Quand il m'a

rattrapée, il m'a fait boire la tasse, cet idiot ! J'ai cru que j'allais mourir noyée !

Raté ! Prudemment, je passe à l'album suivant. Comme ils ne sont pas rangés dans le bon ordre, c'est celui de ma naissance.

Je l'ouvre au hasard, et je tombe sur des portraits de maman à la maternité, avec moi nouveau-né dans ses bras.

— Quel adorable poupon tu étais ! s'extasie-t-elle.

Ah, je tiens peut-être quelque chose, là... La venue d'un bébé, c'est toujours un grand moment de bonheur, dans une vie de couple ! Peut-être que ce souvenir-là va l'émouvoir...

Avec volubilité, je commente :

— Vous étiez contents de m'avoir, hein ! C'est vrai que papa a pleuré, quand je suis né ?

— Oui, comme une fontaine. Il n'arrêtait pas de me remercier. Il disait que tu étais le plus beau des cadeaux !

— Ça a dû te faire drôlement plaisir !

Maman plisse son joli nez retroussé.

— Bien sûr... Ah, pour les compliments, c'était un champion, ton père ! Mais, si j'avais besoin d'un coup de main, il n'y avait plus personne..

Elle émet un petit ricanement amer.

— Pas une fois, il ne t'a changé ! Et jamais il ne s'est levé la nuit, lorsque tu pleurais ! Quant au biberon, il ne savait même pas comment on l'utilisait !

Aïe, terrain miné ! Ce ne sont pas encore ces photos-là qui la feront retomber amoureuse !

9

Fais-moi un petit frère !

Découragé, je referme les albums. Et soudain,
paf ! j'ai une nouvelle idée.

Une idée qui a peut-être des chances de mar-
cher...

— M'man ?

— Oui, mon chéri ?

— Je voudrais te demander quelque chose...

Intriguée par la gravité du ton, maman, qui
s'était levée, se rassied près de moi.

— Quoi donc ?

C'est difficile à dire. Je tourne sept fois ma

langue dans ma bouche avant de chuchoter, très bas :

— Un petit frère...

— Un petit frère ?!? s'étrangle maman. Mais, Jérôme, tu sais bien que c'est impossible !

— Pourquoi ?

— Il faut être deux pour concevoir un enfant !

— Ben oui, et alors ? Vous êtes deux, papa et toi !

Elle manque de s'étrangler.

— Tu voudrais que je fasse un enfant avec un canapé ?

Hop ! je saute sur l'occasion. D'ailleurs, c'était le but de la manœuvre. Entre nous, je n'ai pas spécialement envie d'un petit frère. Les bébés, dans l'ensemble, je trouve ça assez horripilant : ils pleurent du matin au soir – quand ce n'est pas du soir au matin ! – et accaparent sans arrêt les parents. Que des inconvénients, quoi ! Mais si je peux rendre figure humaine à mon papa grâce à cette ruse, je veux bien me sacrifier.

— Ben, il suffit que tu annules l'enchantement...

Maman pousse un soupir exaspéré.

— Ah non, Jérôme, tu ne vas pas recommencer ! Mets-toi une fois pour toutes dans la tête que ton père est un meuble. Un meuble, tu entends, et rien d'autre !

Elle se mord les lèvres avec perplexité.

— Je pourrais me remarier, évidemment. Mais pour ça, il faudrait que je divorce avant. Et j'aurais l'air de quoi, devant un tribunal, avec mon canapé ? Le cas n'est même pas prévu dans le Code civil : alors tu imagines la tête du juge ?

— Un petit frère, ce n'est pas suffisant comme *motivation* pour que ta formule fonctionne ?

Maman réfléchit trente secondes, puis secoue la tête.

— Honnêtement, non, mon chéri.

— Mais pourquoi ?

— À cause des biberons, je suppose. Et des couches. Et des pleurs, la nuit. Assumer de nouveau ça toute seule, tu comprends, ce n'est pas très tentant...

— Et si, moi, je t'aide ?

Elle lance un regard mauvais à papa.

— Toi, un gosse de onze ans, tu te taperais la corvée pendant que l'autre gros fainéant, là, traînasserait devant la télé ? Ah non, je ne le supporterais pas !

— Allez, m'man, s'il te plaît...

— Inutile d'insister, mon chéri : tu resteras mon seul petit garçon...

Elle me prend dans ses bras, m'embrasse.

— Être enfant unique, ce n'est pas mal, tu sais : on est bien plus gâté !

Je hausse les épaules avec fatalisme. Mon stratagème n'a pas marché, il va encore falloir que je trouve autre chose...

L'ennui, c'est que je suis à court d'idées, moi !

La sonnerie du téléphone interrompt brutalement mes sombres réflexions. Maman se précipite.

— Allô... Ah, bonjour ! Il y a au moins une heure que je vous attends !... Comment ?... Zut, alors... Très ennuyeux, oui... Enfin, puisqu'il n'y a pas moyen de faire autrement... À demain...

Quand elle raccroche, elle est visiblement déçue.

— C'était l'antiquaire. Il ne peut pas venir aujourd'hui, comme prévu. Et moi qui ai pris ma journée...

Ouf, vingt-quatre heures de répit ! J'ai du mal à cacher mon soulagement.

D'ailleurs, maman n'est pas dupe. Durant quelques instants, elle tourne en rond dans la pièce, puis déclare :

— Va à l'école, Jérôme. De toute façon, tu n'as pas à t'inquiéter : ton père ne risque rien avant demain. Moi je file au bureau, et nous rediscuterons de la vente du canapé à mon retour.

Le conseil me semble raisonnable, d'autant qu'on a gym et que j'adore ça.

J'abandonne donc momentanément papa pour courir chercher mon sac de sport.

Nous nous quittons dans la rue, maman et moi.

— Je rentrerai un peu plus tard que d'habitude, me signale-t-elle avant de s'éloigner. Avec toutes ces histoires, j'ai pris du retard dans mon travail...

C'est sur le stade que, soudain, une pensée affreuse me saisit. Et si tout cela n'était qu'un mensonge destiné à m'éloigner ? Si maman avait combiné ce coup de téléphone bidon avec l'antiquaire, et qu'ils profitent de mon absence pour déménager tranquillement les meubles ?

La journée n'en finit pas. Impossible de suivre les cours. Heureusement que M. Lemaire n'est plus là, j'aurais été bon pour une méga-colle ! Toutes les trente secondes, je consulte ma montre. Ma parole, elle tourne au ralenti !

Chaque minute qui passe augmente mon inquiétude, si bien que, lorsque je rentre, à quatre heures et demie, mon état d'angoisse est indescriptible. Vais-je trouver l'appartement vide ?

J'ai le ventre noué en introduisant ma clé dans la serrure.

Fausse alerte, papa, M. Lemaire, le propriétaire, la concierge, l'épicier et le coiffeur n'ont pas bougé.

Mon soulagement est tel que je fonds en larmes en embrassant le dossier du canapé. Au même moment, une silhouette inconnue se dessine dans l'encadrement de la porte du salon.

10

Rousse comme le soleil !

Je pousse un cri d'effroi.

— Du calme, me répond une voix que je connais bien. Tu as peur de moi maintenant ?

— Fr... Françoise ?

— Évidemment, qui veux-tu que ce soit ?

La silhouette qui s'avance vers le centre de la pièce n'a pourtant rien à voir avec celle d'une araignée. Mais alors là, rien de rien ! C'est...

J'en ai le souffle coupé !

... une silhouette d'actrice de cinéma, pourvue d'une épaisse chevelure noire, d'une poitrine à la

Marilyn Monroe et de longues jambes à peine cachées par sa minijupe !

— J'ai repris ma forme habituelle, explique Françoise, en riant de mon ébahissement. Tu comprends, j'en avais par-dessus la tête de cette toile. Elle cassait tout le temps, il fallait sans arrêt la réparer. Et moi, le tissage, franchement, c'est pas mon truc !

Dès que je retrouve l'usage de la parole, je balbutie :

— Vous... vous êtes... belle !

— Merci, Jérôme ! minaude-t-elle, flattée. Me préfères-tu en brune... ?

Elle claque des doigts.

— ... en blonde... ?

Aussitôt, des mèches claires remplacent sa tignasse sombre.

— ... ou en rousse ?

Nouveau claquement de doigts. Sa tête s'orne aussitôt d'une cascade de boucles presque rouges, qui brillent dans le soleil. Je cligne les yeux, ébloui.

— Ouais, comme ça !

Françoise éclate de rire.

— Je ne savais pas que les arachnophobes avaient aussi bon goût.

— Je suis peut-être arachnophobe, mais pas starophobe. Pourquoi aviez-vous pris cette apparence affreuse ?

— Pour passer inaperçue, tiens ! Et pouvoir surveiller discrètement les agissements d'Élodie...

— Ben, comme discrétion, c'était réussi ! Je vous ai remarquée du premier coup d'œil.

— Bravo, tu es très observateur !

— Vous aviez mal choisi votre animal, surtout. Un moustique ou une fourmi, on les aperçoit à peine. Mais une araignée de cette taille...

— Que veux-tu, chacun sa coquetterie. Les fourmis et les moustiques, c'est si vulgaire...

Elle s'assied sur le canapé, m'invite à l'imiter.

— Et maintenant, si nous cherchions comment venir à bout de l'entêtement de ta mère ?

*
* *

Neuf heures. Maman n'est toujours pas rentrée. Dehors, il fait nuit. Après avoir discuté une bonne partie de la soirée, Françoise et moi regardons la télé, un plateau-repas sur les genoux.

Le programme est sympa : c'est un film d'épouvante. Mais impossible de m'absorber dans l'histoire. Ces morts vivants qui sortent de leurs tombes et envahissent la ville en grognant : « *Cervooo... manger cervooo...* » ne me font ni chaud ni froid. Je suis bien trop préoccupé...

Parce qu'avec Françoise, on a eu beau réfléchir, tourner et retourner le problème dans tous les sens, nous ne sommes pas plus avancés que tout à l'heure. Et s'il existe une solution, elle nous a bel et bien échappé.

Ce ne sont pas les suggestions qui ont manqué, pourtant ! Mille projets ont été échafaudés, du plus audacieux au plus fantaisiste. J'ai même pensé faire une grève de la faim, mais j'y ai bien vite renoncé. Je n'arrive pas à rester plus de deux heures sans manger...

Françoise, de son côté, a envisagé de prendre la place de papa, pour que maman retrouve son mari tout en ayant quand même un canapé à vendre. C'était sympa de sa part, mais inutile : telle que je connais ma mère, posséder un second canapé ne l'aurait pas *motivée* à rendre forme humaine au premier. Elle se serait contentée de vendre les deux, un point c'est tout.

— Et si je leur présentais un conseiller conjugal, à tes parents ? a proposé Françoise, à bout d'arguments.

J'ai soupiré, sans illusions :

— Au point où en est leur couple, à mon avis, il n'y a plus rien à faire... Et puis, franchement, un conseiller conjugal pour canapé, ça ne fait pas très sérieux, hein !

Bref, on se retrouve Gros-Jean comme devant. Et demain, l'antiquaire vient...

Tandis que je tourne et retourne ces pensées sinistres dans ma tête, le générique de fin défile.

— J'ai sommeil..., bâille Françoise en éteignant le poste. Allez, Jérôme, au dodo...

Un peu inquiet, je demande :

— Vous allez vous retransformer en araignée pour aller dormir dans votre toile ?

— Non, je suis obligée de garder la même apparence pendant une semaine minimum : les métamorphoses trop rapprochées me donnent la migraine.

Chouette, j'aurais détesté qu'elle redevienne un vilain insecte ! Je lui dédie mon plus radieux sourire... avant de me renfrogner de nouveau.

— Quelque chose cloche ? s'inquiète Françoise.

— Ben oui : on n'a pas d'endroit pour vous loger. Il n'y a que deux lits dans l'appartement :

celui de maman et le mien. Le mien est trop petit pour deux personnes, et celui de maman...

J'ai une mimique qui signifie : « Ce n'est même pas la peine d'y compter ! »

— Pourquoi ?

— Ben... depuis que papa n'est plus là, elle adore s'étaler comme une étoile de mer.

— Dans ce cas, soupire Françoise, il ne reste que le canapé...

Elle tapote les coussins sans enthousiasme.

— Il est moelleux, remarque... mais un peu trop petit pour moi. Je vais être obligée de dormir en chien de fusil, et j'ai horreur de ça. Enfin, à la guerre comme à la guerre...

Tandis qu'elle rassemble ses affaires pour la nuit, je cours chercher des draps et une couverture dans le placard. Soudain, un cri de victoire fait trembler les murs.

— Jérôme, viens voir !

Je retourne dare-dare au salon... et je n'en crois pas mes yeux. Au centre de la pièce, il y a maintenant un LIT À DEUX PLACES.

— Co... comment avez-vous fait ? C'est de la magie !

— *Simple comme bonjour, Clic-clac toujours !* chantonne Françoise.

Je reconnais ce slogan : c'est la pub de *Clic-clac, le canapé convertible qui se déplie d'une poussée de doigt.*

Nom d'un Chamallow, si je m'attendais à ça ! Papa est un Clic-clac.

11

Tirim taram piouts !

Quelques minutes plus tard, Françoise sort de la salle de bains en chemise de nuit. Waouh ! Elle est drôlement sexy, dans cette tenue !

— Va vite te coucher, Jérôme ! dit-elle, en se glissant sous la couette. La nuit porte conseil. Demain, nous trouverons peut-être la solution à nos problèmes...

À cet instant précis, une clé tourne dans la serrure. Je dresse l'oreille.

— Ah, enfin, voilà maman qui rentre... Ce n'est pas trop tôt !

La voix de ma mère nous parvient du couloir :

— Tu n'es pas encore au lit, mon chéri ?

Le temps de retirer sa veste pour l'accrocher au portemanteau, et elle se dirige à grands pas vers le salon.

— Je parie que tu es encore fourré devant la tél...

Sur le pas de la porte, elle s'arrête, stupéfaite. Et son sourire s'envole, remplacé par une affreuse grimace.

— Ah ça..., crache-t-elle. Ah ça... c'est trop fort !

Tout d'abord, son attitude me sidère. Je me demande avec inquiétude quelle bêtise j'ai bien pu faire pour la mettre dans cet état. Je n'ai rien abîmé, pourtant ! Rien laissé traîner, ni mis aucun désordre...

Il me faut quelques secondes pour comprendre que ce n'est pas après moi qu'elle en a. En fait, elle fixe Françoise, et heureusement que ses yeux ne sont pas des fusils, parce que la belle rousse n'y survivrait pas.

— Ne te gêne pas, surtout ! lui jette-t-elle, la bouche déformée par la colère.

Françoise, qui avait déjà la tête sur l'oreiller et

la couette rabattue sous son menton, tombe des nues.

— Je... tu..., balbutie-t-elle. Euh... tu vois, Élodie, j'ai fait comme chez moi...

— Comme chez toi, en effet, grince maman. Tu es même couchée sur mon mari !

Nom de nom... La réaction de ma mère ressemble bien... mais oui, à une scène de jalousie !

Françoise a dû tirer la même conclusion que moi, car elle rétorque du tac au tac – et avec un brin d'ironie, cette fois :

— Félicitations, ma chère, il est très confortable !

Ça alors, c'est marrant : de noir qu'il était, le dossier de papa devient tout rouge. À mon avis, le compliment a dû lui faire plaisir !

— Confortable ou pas, tu vas sortir de là, et en vitesse ! fulmine maman, qui, décidément, a perdu son sens de l'humour.

Joignant le geste à la parole, elle se rue sur Françoise, l'attrape par le devant de sa chemise de nuit, et essaie de la tirer du lit.

— Hé, ho, ça ne va pas, non ? se défend Françoise.

Et elle fiche une claque à ma mère qui, aussitôt, lui en rend deux. L'instant d'après, elles se tapent dessus à bras raccourcis.

Il... il faudrait peut-être que j'intervienne, non ?

En prenant garde aux baffes qui volent, j'essaie maladroitement de les séparer.

— Arrêtez, s'il vous plaît... Vous allez vous faire mal...

— Toi, ne te mêle pas de ça ! me rabroue maman, agrippée aux mèches rousses de la pauvre Françoise qui, de son côté, la bourre de coups de poing. Et file dans ta chambre, les conflits d'adultes ne sont pas de ton ressort !

J'obéis sans demander mon reste. Quand ma mère pique une colère, mieux vaut ne pas la contrarier. Et après tout, elle et Françoise sont de force égale, qu'elles se débrouillent !

N'empêche, je suis curieux de savoir comment tout ça va se terminer. Je laisse donc ma porte entrouverte pour entendre ce qui se passe. Et voilà le dialogue qui me parvient :

— Voyons, Élodie, calme-toi ! Tout ceci ne tient pas debout ! Que me reproches-tu au juste ?

— Ah, ne fais pas l'innocente, hein, séductrice à la noix !

— Mais enfin, je me suis juste installée pour la nuit dans ton Clic-clac d'appoint. Ce n'est pas un crime, quand même !

— Ce Clic-clac d'appoint, c'est mon mari, ma vieille, je te signale ! MON-MA-RI, tu entends ? Et je ne supporterai pas qu'une autre femme dorme entre ses... entre ses accoudoirs !

— Si tu ne voulais pas qu'on l'utilise, fallait pas le métamorphoser ! Et puisque tu le prends sur ce ton, je n'ai qu'une chose à dire : je suis dans ce canapé et j'y reste ! Essaie de m'en déloger et je te...

— Tu me... quoi, s'il te plaît ?

— Je te transforme en cancrelat !

— Ah ah ah ah, très drôle ! Comme si tu ne savais pas que les sorcières sont sans pouvoirs entre elles ! Par contre...

Silence. Intrigué, je sors de ma chambre en catimini pour observer la suite.

Maman est toute droite au milieu du salon, une expression triomphante sur le visage. Elle mijoterait un mauvais coup que ça ne m'étonnerait qu'à moitié ! Mais lequel ? Avec une sorcière, on peut s'attendre à tout...

Qu'est-ce que je disais ? Tendant le doigt en direction du canapé, elle lance à tue-tête :

— *Abracadonovistra, tirim, taram, piouts !*

Un grand éclair bleu envahit la pièce, et là, là...

Là, je reste paralysé d'étonnement. Parce qu'en fait de mauvais coup, maman vient de faire un truc formidable, fantastique, époustouflant.

Le canapé a disparu, et Françoise se retrouve couchée... sur le dos de papa, en chair et en os.

Tandis qu'elle bascule les quatre fers en l'air, il se redresse en grommelant :

— Aïe ! j'ai de ces courbatures...

— Alors ? triomphe maman, plantée devant sa rivale. Tu as toujours envie de dormir dans mon Clic-clac ?

— Non, mais j'ai mieux que ça ! réplique Françoise, serrant les dents de rage.

À son tour, elle tend le doigt vers papa.

— *Abracadabra, bave de grenouille et poil de rat !*

Et paf !... papa se transforme en lit à baldaquin.

— Bonne nuit ! ricane Françoise en sautant dedans.

Le choc me rend illico l'usage de mes membres, et je jaillis de ma cachette en hurlant :

— Laissez mon père tranquille !

Mais les deux sorcières ne m'entendent même

pas. Elles sont bien trop occupées pour ça ! À peine la rousse a-t-elle rabattu le drap que, *titim, taram, piouts !* papa devient un gigantesque piano, sur lequel elle gigote dans un fracas d'accords dissonants.

— *Abracadabra !* glapit-elle aussitôt.

Et un réchaud à gaz remplace le piano, lui-même changé, un instant plus tard, en machine à coudre.

Cette fois, c'en est trop. Je ne peux pas laisser traiter mon père de cette façon. Bondissant sur Françoise dont c'est le tour de jeter un sort, je tente de l'immobiliser.

Mal m'en prend : elle est déchaînée. Dans la seconde qui suit, je me retrouve réduit à l'état de carpette – de tapis afghan noué à la main, pardon ! – avec papa, baignoire, posé sur moi.

À partir de ce moment-là, je perds un peu le fil de l'histoire. Tout ce dont je me souviens, c'est que les métamorphoses se succèdent à un rythme effréné. Je me transforme successivement en coffre à jouets, penderie, cuvette de W.-C., table à langer et paillasson, tandis que papa devient tableau de maître, lampadaire, jardinière de fleurs, guéridon et égouttoir à vaisselle.

Ce n'est que longtemps après, lorsque maman

et Françoise ont épuisé toutes les ressources de leur imagination, que le tourbillon se calme. À ce moment-là, je suis un tabouret de cuisine et papa un violoncelle.

Les deux femmes se regardent, essoufflées par la violence de l'exercice, et maman passe sa paume sur son front en sueur.

— Mais... attends... on fait quoi, là, exactement ? murmure-t-elle, comme au sortir d'un rêve.

Elle frôle d'une main tremblante ma surface de formica, effleure les cordes de papa – ce qui produit un son ravissant.

— Je crois que nous avons un peu perdu la tête..., constate Françoise.

Maman déglutit avec difficulté.

— C'est... c'est mon fils et mon mari, ça... Nous les avons... nous les avons...

Elles se rapprochent l'une de l'autre, et Françoise passe un bras amical autour de ses épaules.

— Tu grelottes, Élodie...

— Il y a de quoi, non ? Je suis un monstre, Françoise. Te rends-tu compte de ce que je viens de faire subir aux deux êtres que j'aime le plus au monde ?

Elle repousse doucement sa copine et, avec

mille précautions, tend l'index vers nous. On dirait qu'elle s'apprête à soigner deux très grands malades.

— *Abracadonovistra, tirim, taram, piouts !* souffle-t-elle.

Ouf, on se sent mieux, tout d'un coup ! Je me redresse, m'étire. Papa s'ébroue... Nous voilà redevenus nous-mêmes.

— Ça va ? s'informe timidement maman.

Pour toute réponse, papa lui ouvre les bras. Elle s'y jette. Je les rejoins et, durant quelques minutes, nous ne formons plus qu'une grosse boule d'amour.

Jamais, de toute ma vie, je n'ai été aussi heureux !

— Ma petite sorcière à moi..., murmure papa. Je t'aime, tu sais, malgré ton fichu caractère et ta magie de pacotille !

— Moi aussi, mon gros loup, je t'aime..., souffle maman. Tu es le meilleur canapé du monde !

Et tous deux se penchent vers moi et m'embrassent. Françoise, tout attendrie, ne nous quitte pas des yeux.

— Je peux te poser une question, Élodie ? demande-t-elle, une fois nos effusions terminées.

— Vas-y, je t'écoute, répond maman en souriant.

— Qu'est-ce qui t'a *motivée* ? Pour ton fils, je comprends ; mais pour ton mari ? Je croyais que tu le préférais en meuble...

Maman se met à rire.

— En meuble, oui ! susurre-t-elle, le regard en coulisse. Mais un meuble que je sois seule à utiliser !

— C'est juste par jalousie que tu m'as désenchanté ? s'étonne papa.

— Bien sûr ! Quand j'ai vu cette...

Elle désigne Françoise du menton.

— ... cette espèce de vamp entre tes accoudoirs, mon sang n'a fait qu'un tour...

— Et tu t'es rendu compte que tu tenais encore à moi, c'est ça ?

Maman a un petit rire qui veut dire oui.

— Miss Tête-en-l'air..., lui chuchote-t-il tendrement.

— Enquiquineur ! réplique-t-elle sur le même ton.

Je ne peux m'empêcher de mêler mon grain de sel à la conversation :

— Alors, tu ne lui en veux plus pour la « tasse », en Corse, m'man ?

— Non, mon chéri, je ne lui en veux plus.

— Et pour le biberon qu'il ne me donnait jamais ?

La tête de maman oscille de gauche à droite, puis elle se tourne vers Françoise.

— En fait, c'est grâce à toi que j'ai compris... merci quand même !

— Et vive la vamp ! applaudit papa.

12

Dans l'eau bleue de la piscine...

Le lendemain, quand l'antiquaire arrive, c'est papa qui le reçoit. Mal, évidemment.

— Il n'y a rien à vendre, ici ! lui déclare-t-il avec fermeté.

L'antiquaire, qui s'attendait à tout sauf à ça, monte sur ses grands chevaux.

— Mais enfin, monsieur, ce revirement est inadmissible ! Nous nous étions mis d'accord, votre femme et moi. J'ai même la liste du mobilier ici, regardez : un canapé, une armoire normande, un bureau sculpté...

— Ils ne sont plus à vendre ! coupe papa.

— Et ceux-là ? insiste l'antiquaire, en désignant le buffet, la commode et le fauteuil qui encombrent le palier.

— Nous les gardons aussi.

— Vous m'avez dérangé pour rien, alors ?

— Désolé !

— Vous pouvez l'être ! Je travaille, moi, figurez-vous ! Je n'ai pas de temps à perdre avec des gens qui changent d'avis comme de chemise !

Furieux, il tourne les talons et s'en va en grommelant.

Maman, qui a suivi la scène de l'intérieur de l'appartement, lève un pouce admiratif.

— Quelle autorité, mon chéri ! Tu as été admirable !

— Et ce n'est pas fini ! rétorque énergiquement papa. Maintenant, il va falloir mettre de l'ordre là-dedans !

Comme l'antiquaire un instant plus tôt, il montre le mobilier qui encombre notre espace vital.

— Allez, hop ! Rends-leur figure humaine, à ceux-là, et que ça saute !

Maman s'assombrit illico. Ses yeux, si doux un instant auparavant, se rétrécissent de méfiance.

— Que veux-tu dire, Jean-Pierre ? demande-t-elle du bout des lèvres.

— Rien d'autre que cela : je n'ai pas l'intention de vivre une minute de plus dans TON garde-meuble. Alors, tu vas te dépêcher de désensorceler tout le monde, ou je me fâche !

De soupçonneux qu'ils étaient, les yeux de maman deviennent carrément inquiétants. Il prend des risques, papa ! J'en connais un qu'elle a changé en canapé pour moins que ça !

L'inquiétude me serre la gorge. Je sens une nouvelle menace planer sur notre bonheur tout neuf.

Alertée par le bruit, Françoise, qui achevait de boucler ses valises, vient aux nouvelles. Et son opinion rejoint la mienne.

— Aïe, aïe, aïe, ça recommence…, soupire-t-elle.

Décidément, mes parents ne peuvent pas rester cinq minutes sans se disputer !

— Je te prie de me parler sur un autre ton, Jean-Pierre ! crache maman, toute raide et les poings serrés.

— Tu crois m'impressionner avec ta magie de bazar ? hurle papa.

— Ne me nargue pas ! Tu sais de quoi je suis capable !

— Et toi, sais-tu de quoi, moi, je suis capable ?

Il éclate d'un rire terrible, lève la main et clame :

— *Agala, ougoulou, cornegidouille et bourre-le-mou !*

Un coup de tonnerre éclate, des éclairs d'une violence inouïe strient le ciel. La terre tremble, le vent souffle. Et sans avoir eu le temps de réaliser ce qui nous arrive, nous sommes emportés, cul par-dessus tête, dans un effroyable tourbillon noir.

Lorsque le calme revient enfin...

— Ooooooooh !

Nous ne sommes plus dans notre minuscule appartement, mais dans une somptueuse villa avec une piscine, un court de tennis, et un immense jardin plein d'arbres, de fleurs et de chants d'oiseaux.

— Bienvenue au paradis ! dit papa en se frottant les mains.

— Mais alors, vous... vous... ? bégaie Françoise, bouche bée.

— Je connais quelques petits tours de passe-passe assez spectaculaires, oui, répond-il avec modestie. Il y a un an que je vais aux cours du soir, à l'insu de ma famille. Et ma foi, je dois reconnaître que je me débrouille pas mal...

Il se tourne vers moi, qui suis encore à moitié étourdi.

— Comment trouves-tu notre nouveau home, mon p'tit bonhomme ?

Je recouvre mes esprits pour lui sauter au cou.

— Génial, p'pa ! C'est exactement la maison dont on rêvait, hein, m'man !

Pas de réponse. Je cherche ma mère des yeux.

— M'man ?

Tiens, Où est-elle passée ?

— M'man ! M'maaaan !!!

Saisis d'une brusque inquiétude, nous nous consultons du regard, Françoise et moi. Est-ce que par hasard... ? Non, il n'aurait quand même pas fait ça ?!

— Jean-Pierre, dites-moi la vérité, articule lentement Françoise. Cet endroit, ce n'est pas... ?

— ... Élodie ? Bien sûr que si !

— Vous... vous avez transformé Élodie en... villa ?

— Elle est nettement plus agréable à vivre comme ça, vous ne trouvez pas ?

Hors de moi, je me rue sur mon père.

— C'est impossible, p'pa, tu n'as pas pu faire une chose pareille !

— Pourquoi pas ? Chacun son tour de s'amuser, non ?

— Mais... je croyais que deux sorcières ne pouvaient pas s'ensorceler l'une l'autre !

— Deux sorcières, non, mais une sorcière et un sorcier, si ! s'esclaffe papa en me tapotant la joue.

Puis il se tourne vers Françoise.

— Vous avez pris votre maillot, chère mademoiselle ?

— Pour avoir encore des histoires ? s'indigne Françoise. Non merci ! D'ailleurs, je vais vous faire un aveu : j'en ai assez d'être mêlée à vos querelles de couple. Dorénavant, vous vous passerez de moi. Et vous pouvez bien vous changer, vous et tout votre entourage, en Parthénon, en tour de Pise ou en château de Versailles, je m'en contrefiche ! Sur ce, je rentre chez moi, tchao, à la prochaine !

Elle s'éloigne, toute raide, en grommelant quelque chose entre ses dents. L'instant d'après, une araignée aux pattes velues et au corps aussi gros qu'une pièce de cinq francs disparaît dans les buissons.

— Bon débarras, siffle papa, vexé. Moi, les sorcières, moins j'en vois, mieux je me porte ! Rien ne vaut un peu de sport entre hommes, pas vrai, fiston ?

Il me donne une grande tape affectueuse dans le dos.

— Un petit plongeon ? L'eau a l'air délicieuse !

Sans attendre ma réponse, il m'entraîne au bord de la piscine et commence tranquillement à se déshabiller. Un peu perplexe – mais néanmoins tenté –, je me dandine d'un pied sur l'autre. Comme ces vaguelettes, scintillant sous le soleil, sont attirantes ! Mais... je ne peux quand même pas me baigner dans... ma mère !

Pauvre maman... Je suis sûr que ça ne lui plaît pas du tout, d'être une villa ! Même avec piscine et court de tennis !

D'une toute petite voix, j'implore :

— Elle ne va pas rester comme ça, hein, p'pa ?

— Ne t'en fais pas, va ! me rassure mon père. Tu sais bien que nos disputes ne durent jamais très longtemps. C'est l'affaire de deux ou trois jours, au plus, et puis tout rentrera dans l'ordre. Chacun reprendra sa place, elle, moi, la concierge, l'épicier, le coiffeur... et même le proprio – bien que, celui-là, ça ne me déplairait pas d'en être débarrassé ! Si cette armoire normande ne prenait pas tant de place, je l'aurais bien conservée, tiens...

Je réfléchis un instant.

— On ne pourrait pas garder le bureau, aussi ?

Papa se met à rire.

— Ah, ne profite pas de la situation, hein, fripouille !

Puis il pique une tête dans l'eau bleue, soulevant une grande gerbe d'écume blanche.

Après une brève hésitation, je l'imite. Après tout, autant en profiter avant qu'ils se réconcilient !

TABLE

Composition JOUVE – 53100 Mayenne
N° 342111b
Imprimé en Espagne par LITOGRAFIA ROSÉS S.A. (08850) Gava
32.2791.5/02- ISBN : 978-2-01-322791-9
Loi n° 49-956 du 16 juillet 1949 sur les publications destinées à la jeunesse
Dépôt légal : octobre 2009